CATALOGUE

DES

OBJETS D'ART

ET D'AMEUBLEMENT

BIJOUX

Orfèvrerie, Éventails, Miniatures

ANCIENNES PORCELAINES DE SAXE, DE LA CHINE ET DU JAPON

FAIENCES, SCULPTURES

OBJETS VARIÉS

PENDULES ET BRONZES

Sièges et Meubles

TAPISSERIES DU XVIIIe SIÈCLE

TENTURES, TAPIS

TABLEAUX

Aquarelles, Pastels, Dessins, Livres

Dépendant de la Succession de Mlle Duverger

artiste dramatique

ET DONT LA VENTE AURA LIEU

HOTEL DROUOT, SALLE N° 6

Les Lundi 27, Mardi 28 et Mercredi 29 Avril 1896

à 2 heures

COMMISSAIRES-PRISEURS

Me P. CHEVALLIER | **Me G. DUCHESNE**

10, rue de la Grange-Batelière, 10 | 6, rue de Hanovre, 6

EXPERTS

Pour les Tableaux :

M. H. HARO, 14, rue Visconti, et 20, rue Bonaparte

Pour les Objets d'art :

MM. MANNHEIM PÈRE ET FILS, 7, rue Saint-Georges

M. A. BLOCHE, 28, rue de Châteaudun

EXPOSITIONS

PARTICULIÈRE : *Le Samedi 25 Avril 1896, de 1 h. 1/2 à 5 h. 1/2*

PUBLIQUE : *Le Dimanche 26 Avril 1896, de 1 h. 1/2 à 5 h. 1/2*

CONDITIONS DE LA VENTE

Elle sera faite expressément au comptant.

Les acquéreurs paieront CINQ POUR CENT en sus des prix d'adjudication.

L'exposition mettant le public à même de se rendre compte de l'état et de la nature des objets, il ne sera admis aucune réclamation une fois l'adjudication prononcée.

Paris. — Imp. de l'Art, E. Moreau et Cᵉ, 41, rue de la Victoire.

DÉSIGNATION

TABLEAUX

BEZZUOLI
(GUISEPPE)

1 — *Madeleine.*

La sainte est en extase, ses yeux sont levés vers le ciel, sa tête renversée est appuyée sur sa main ; elle tient de l'autre main une petite croix de bois qu'elle presse sur sa poitrine.

Monogramme à droite.

Toile. Haut., 49 cent.; larg., 42 cent.

(Collection San Donato.)

DECAMPS (?)

2 — *La Bucheronne.*

Signé à gauche.

Toile. Haut , 56 cent.; larg., 45 cent.

DELACROIX
(EUGÈNE)

3 — *Charles-Quint au couvent de Saint-Just.*

L'empereur fatigué du pouvoir, céda, en 1556, la couronne d'Espagne à son fils Philippe, et se retira dans le monastère de Saint-Just en Estramadure, où il finit ses jours deux ans après ; il aimait à se mêler aux offices religieux, et quelquefois il touchait de l'orgue pour charmer ses longs loisirs.

Delacroix l'a représenté assis ; ses doigts parcourent le clavier ; un jeune moine est debout accoudé sur l'instrument.

Signé, en haut, à droite.
Daté 1839.

Toile. Haut., 12 cent.; larg., 17 cent.

(*Collection San Donato.*)

DIAZ (?)

4 — *Fleurs.*

Signé à gauche.

Bois. Haut., 24 cent.; larg., 17 cent.

DIAZ (?)

5 — *La Mare ; sous bois.*

Signé à droite.

Bois. Haut., 18 cent.; larg, 25 cent.

ECOLE ALLEMANDE

6 — *Sainte Famille.*

Bois. Haut., 72 cent.; larg., 59 cent.

ECOLE FRANÇAISE

7 — La Conversation.

Au premier plan, un petit chien vient s'abreuver à un bassin qui reçoit l'eau d'un sphinx placé au pied d'un pavillon richement ornementé de sculptures. Une jeune femme, accoudée au balcon de pierre, fait la conversation avec une autre jeune femme qui vient de faire une récolte de fleurs que l'on voit dans un panier posé à ses pieds. Dans le fond, on aperçoit les grands arbres du parc.

Toile. Haut., 69 cent.; larg. 97 cent.

ECOLE VÉNITIENNE

8 — Sainte Famille.

Bois. Haut., 34 cent.; larg., 53 cent.

GÉROME

9 — La Nuit.

Signé à gauche et daté 1859.

Plafond forme ronde.

Toile. Haut., 2 m. 30 cent.

GÉROME

10 — Portrait de Mlle Duverger.

Signé à gauche.

Toile. Haut., 1 m. 42 cent.; larg., 1 mètre.

GÉROME

11 — *La Naissance de Vénus.*

Signé à gauche.

Toile. Haut., 40 cent.; larg., 25 cent.

GÉROME

12 — *Une Vestale.*

Signé à gauche.

Toile. Haut., 39 cent.; larg., 30 cent.

GEROME

13 — *Arnautes à une porte.*

Signé à droite.

Toile. Haut., 26 cent.; larg., 18 cent.

GÉROME

14 — *Vierge et Enfant Jésus.*

Signé à gauche.

Toile. Haut., 26 cent.; larg., 16 cent.

CÉROME

15 — *Une jetée dans le Fayoum.*

Signé à droite.

Toile. Haut., 17 cent.; larg., 29 cent.

GREUZE (?)

16 — *La Lettre.*

Une jeune femme, vue à mi-corps, vient de lire une lettre, et semble réfléchir à son contenu.

Toile. Haut., 59 cent.; larg., 49 cent.

TIRION

17 — *Le Billet doux.*

Signé à gauche.

Bois. Haut., 24 cent.; larg., 19 cent.

WATTEAU

(École de)

18 — *La Danse.*

Toile. Haut., 45 cent.; larg., 55 cent.

AQUARELLES, PASTELS

ET

DESSINS

ANDRÉ

19 — *La Surprise.*

> Signé à droite.
> Pastel.

BRION

(G.)

20 — *Promenade en famille. (Alsace.)*

> Signé à droite.
> Aquarelle.

BRION

(G.)

21 — *Alsacien et Alsacienne.*

> Signé à gauche.
> Aquarelle.

CHASSÉRIAU
(TH.)

22 — *Danseuse espagnole.*

>   Signé à droite et daté 1854.
>   Aquarelle.

DEGAS.

23 — *Danseuse.*

>   Signé à droite.
>   Fusain et pastel.

DORÉ
(GUSTAVE)

24 — *Femme et Enfant.*

>   Signé à droite et daté Valence 1861.
>   Crayon noir.

ECOLE FRANÇAISE

25 — *Le Repos.*

>   Pastel.

ECOLE FRANÇAISE

26 — *La Lettre.*

>   Gouache.

ECOLE FRANÇAISE

27 — *Portrait de jeune femme.*

Gouache.

FLAHAUT

28 — *La Carriole.*

Signé à droite.
Fusain rehaussé de blanc.

FLAHAUT

29 — *Les Peupliers.*

Signé à droite.
Fusain rehaussé de blanc.

GÉROME

30 — *Rachel.*

Signé à gauche et daté.
Dessin au crayon noir rehaussé de blanc.

GÉROME

31 — *Diogène.*

Signé à droite.
Crayon noir.

GÉROME

32 — *Joueuse de mandoline.*

Signé à droite.
Sanguine.

GÉROME

33 — *Femme à la fontaine.*

> Signé à droite.
> Sanguine.

GÉROME

34 — *Étude pour le tableau « Recrue égyptienne ».*

> Signé à droite.
> Crayon noir.

GÉROME

35 — *Tête d'enfant.*

> Signé à droite.
> Mine de plomb.

GÉROME

36 — *Les Gladiateurs* (morituri te salutant).

> Signé en bas.
> Dessin à la plume.

GÉROME

37 — *Étude pour le Duel de Pierrot.*

> Signé à droite.
> Crayon noir.

GÉROME

38 — *Croquis pour le duel de Pierrot.*

> Signé à droite.
> Crayon noir.

GÉROME

39 — *Etude pour le marché d'esclaves.*

> Signé à droite.
> Crayon noir.

GÉROME

40 — *Etude de femme pour le roi Candaule.*

> Signé à droite.
> Crayon noir.

GÉROME

41 — *Le Pied de Saint-Pierre à Rome.*

> Signé à gauche.
> Dessin à la plume.

GÉROME

42 — *Homère et l'Enfant.*

> Étude pour un panneau décoratif pour la maison
> du prince Napoléon.
>
> Signé à droite.
> Crayon noir.

GREUZE

43 — *Croquis pour le tableau le « Paralytique ».*

Mine de plomb.

ISABEY

44 — *La Chaumière.*

Signé à gauche et daté 59.
Aquarelle.

LAMBERT
(EUGÈNE)

45 — *Les Joujoux.*

Signé à droite.
Aquarelle.

LAMBERT
(EUGÈNE)

46 — *Les Vainqueurs de Poissy.*

Signé à gauche.
Aquarelle.

LAMI
(EUGÈNE)

47 — *Thomas' hôtel, Berkley square.*

Signé à gauche et daté.
Aquarelle.

MULLER
(G . L.)

48 — *Portrait de Mlle Duverger.*

> Signé à droite.
> Pastel.

TOULMOUCHE

49 — *Jeune Femme.*

> Signé à droite et daté 1860.
> Aquarelle.

VAULTRIN DE SAINT-URBAIN

50 — *Cléopâtre.*

> Signé à gauche.
> Dessin.

VERNET
(HORACE)

51 — *Le Cheval emporté.*

> Signé à gauche.
> Mine de plomb.

52 — Sous ce numéro seront vendus les tableaux, aquarelles, pastels ou dessins non catalogués.

DÉSIGNATION DES OBJETS

BIJOUX

DENTELLES

53 — Jolie broche en forme de papillon, les ailes toutes
pavées de brillants et enrichies de quatre gros
brillants, le corps monté de brillants.

54 — Très importante broche en forme d'abeille, le
corps monté d'une grosse émeraude cabochon et
d'une perle ronde grise ; la tête ornée de deux
petites émeraudes cabochons et d'un brillant
forme poire ; chaque aile est pavée de dix-sept
brillants et de treize rubis.

55 — Paire de très belles boucles d'oreilles, montées
chacune d'un gros brillant blanc ancien dans une
sertissure à contours pavée de roses.

56 — Deux très belles perles forme poires blanches, avec calottes en roses.

57 — Jolie tabatière en or ciselé, de chez Martial Bernard.

58 — Petite bonbonnière en vermeil repoussé, le couvercle représentant un chasseur au repos. Époque Louis XV.

59 — Deux bracelets anciens, avec chaînette en or et plaque longue et cintrée, en émail garni d'une applique, branche de feuillages montée de roses.

60 — Petite cassolette à parfums en argent, forme œuf.

61 — Trois cuillers en argent ou en vermeil ciselé.

62 — Tabatière en argent niellé.

63 — Joli chapelet avec grains en cristal de roche taillés à facettes et monture en argent.

64 — Flacon à odeurs avec monture ajourée en or.

65 — Petite cassolette à parfums en argent forme de gland.

66 — Petit flacon à odeurs en argent émaillé, la panse aplatie et ornée de plaques en agate.

67 — Autre petit flacon à odeurs avec bouchon en argent doré.

68 — Châtelaine en argent, partie émaillé et ciselé, ornée de grenats et de petites perles, avec portrait d'homme.

69 — Flacon à parfums, monture à résille en or, ornée de turquoises; soutenu par une chaine, dite jaseron, en or.

70 — Petite écharpe en ancien point d'Alençon, mesurant 1 m. 30 cent. sur 10 centimètres.

ORFÈVRERIE

71 — Garniture de toilette, monture en argent gravé et guilloché avec chiffres et couronnes, composée de quatre grands flacons, deux boites à brosses, une savonnière, une boite à poudre, quatre boites à pâtes et à fards, trois petits flacons, une bouillotte avec lampe et trépied, une grande boite ovale, un miroir de poche, trois brosses et un étui.

72 — Coquetier en argent gravé et en partie doré.

73 — Miroir de toilette monté à chevalet, avec cadre
en argent, dessin à rocailles fleuries.

74 — Vase en verre de Bohême, décor à armoiries,
monture en argent gravé à médaillons, têtes de
femmes ; couvercle couronné par un groupe et
orné de lapis lazuli.

75 — Sonnette en argent doré et gravé à fleurs, avec
chiffre, surmontée d'une couronne.

76 — Sonnette en argent gravé, surmontée d'une
figurine de nymphe lisant.

77 — Gobelet en argent uni, avec chiffre gravé et
couronne.

78 — Deux coquetiers en vermeil gravé et guilloché,
démontables et s'emboitant, formant œuf.

79 — Deux bouts de table en argent, à deux branches,
avec bouquets de lumières. Style rocaille.

80 — Petite cafetière en argent, forme cotelée.

81 — Petite cafetière en argent uni avec chiffre
gravé.

82 — Cafetière à filtre, avec lampe et trépied, en
argent uni.

83 — Deux raviers en cristal taillé, montés en argent.

84 — Flacon en cristal, monture en argent, représentant un chien couché.

85 — Deux ménagères en argent, travail anglais, avec flacons en cristal taillé.

86 — Deux miroirs avec encadrements en argent, représentant, au fronton, la Résurrection et l'Ascension; de chaque côté, des archanges sonnant de la trompette; alentour, des guirlandes de laurier et des banderoles avec inscriptions portant la date 1797.

87 — Gobelet en verre bleu, en partie recouvert d'ornements en argent.

88 — Petit plateau en argent gravé et doré, dessin à ornements et arabesques, avec chiffre et couronne.

89 — Pot à eau et cuvette en argent gravé, bords ciselés à fleurs et rocailles.

90 — Coquille, forme feuille, en argent gravé et doré. Travail de la maison Odiot.

91 — Cafetière en argent repoussé, de style Louis XV,
décor à cartels rocailles fleuries avec chiffre
A. D.

92 — Boite à thé cotelée en argent, avec parties
dorées, avec inscription en dessous : *Johan
Goldfrid-Grégori.*

93 — Gobelet en argent repoussé et doré, décor à
trophées d'attributs guerriers et médaillons avec
cavalier en armure et cheval en liberté. Travail
allemand.

94 — Vase en argent repoussé, gravé et doré, décor
à ornements avec chiffre surmonté d'une couronne ornée d'une médaille à l'effigie de la reine
Victoria. Il porte à l'intérieur la date : *Londres,
3 juillet 1861.*

95 — Verre avec plateau couleur rubis, à rehauts
d'or monté sur pied en argent ciselé et doré,
représentant un dieu marin combattant un cro-
codile.

96 — Nécessaire de toilette, argent et cristal, écrin
en bois incrusté de cuivre.

ÉVENTAILS ET MINIATURES

97 — Éventail Louis XV, à monture de nacre partiellement dorée : sur la feuille, allégorie de l'hymen.

98 — Eventail décoré au vernis dit de Martin : bacchanale. xviiie siècle.

99 — Éventail décoré au vernis dit de Martin : fête dans un village. xviiie siècle.

100 — Éventail Louis XV à monture d'ivoire peint : sur la feuille, le jeu de Colin-Maillard.

101 — Éventail Louis XV à monture d'ivoire peint : sujet biblique.

102 — Éventail Louis XVI à monture d'ivoire : sur la feuille, Rébecca et Eliezer.

103 — Cinq éventails, dont un moderne ; monture d'ivoire.

104 — Miniature ovale sur cuivre : portrait de femme. xvie siècle. Encadrée.

105 — Miniature : portrait de femme en pied ; on lit sur le fond : **Marie-Stuart**. Encadrée.

106 — Miniature ovale : tête de femme de trois
quarts. XVIIIe siècle. Cadre à réverbère en argent
doré.

107 — Miniature ronde Louis XVI : portrait de
femme coiffée d'un foulard. Signée. Encadrée.

108 — Deux miniatures : portraits d'hommes. Encadrés.

109 — Deux miniatures ovales : jeux d'enfants dans
cadre émaillé, et palais oriental.

PORCELAINES DE SAXE

ET D'ALLEMAGNE

110 — Statuette en ancienne porcelaine de Saxe :
allégorie de l'Asie figurée par une femme richement vêtue, et montée sur un dromadaire
couché.

111 — Groupe en ancienne porcelaine de Saxe :
prince oriental monté sur un éléphant ; le cornac
nègre est assis sur la tête de l'animal.

112 — Statuette en ancienne porcelaine de Saxe :
allégorie de l'Europe, sous les traits d'une jeune
femme tenant un sceptre et assise sur un trône
surmonté d'un dais orné de motifs rocaille.

113 — Deux petits groupes en ancienne porcelaine
de Saxe : jeux d'amours ; ils portent la marque :
K. H. C. W., de la pâtisserie royale de la Cour.

114 — Groupe en ancienne porcelaine de Saxe :
sujet galant : un personnage vêtu à l'antique
s'approche d'une jeune femme assise au pied
d'un arbre et tenant une lettre.

115 — Groupe en ancienne porcelaine de Saxe :
sujet galant : un adolescent baise la main d'une
jeune femme ; derrière eux, un arbuste.

116 — Groupe en ancienne porcelaine de Saxe :
nymphe et amour tenant des fleurs ; derrière eux,
un motif d'ornementation rocaille.

117 — Boîte à jeux en ancienne porcelaine de Saxe,
décorée à l'extérieur de cartes et de fleurs en
couleurs et à l'intérieur d'une corbeille de fleurs.
Elle renferme quatre petites boîtes contenant
chacune quantité de jetons en porcelaine de
Saxe.

(Vente Marquis)

118 — Petit buste d'enfant en ancienne porcelaine
de Saxe : il est vêtu d'une chemisette et est
coiffé d'un linge avec bouquet de fleurs dans les
cheveux ; socle de même porcelaine.

119 — Bonbonnière en ancienne porcelaine de Saxe

en forme de tête de femme ; couvercle en or émaillé à décor d'attributs de l'amour.

(Vente San Donato.)

120 — Vase à anses branchages et couvercle ajouré en ancienne porcelaine de Saxe ; décor de fleurs en relief. La base est ornée d'un groupe composé d'une jeune femme assise au milieu de ses enfants.

121 — Petit monument funéraire en ancienne porcelaine de Saxe en forme d'obélisque orné de figurines allégoriques, et présentant un médaillon-buste de Gellert et une inscription à la mémoire de ce personnage : *Viro immortali Gellert sacrum.*

122 — Deux chiens assis se faisant pendant, décorés au naturel : Saxe.

123 — Chien assis, en porcelaine de Saxe.

124 — Petite chaise à porteurs en porcelaine.

125 — Deux bustes d'enfants en porcelaine de Saxe.

126 — Deux très petits vases avec couvercles et plateaux ronds à décor de marines ; porcelaine de Saxe.

127 — Deux petites salières, Saxe surdécoré.

128 — Deux candélabres à deux lumières : Hébé et Ganymède ; Saxe surdécoré.

129 — Écritoire en porcelaine de Saxe surdécorée, paysages et imbrications.

130 — Tasse et soucoupe en ancienne porcelaine de Fürstenberg, décor en camaïeu carmin, paysages.

131 — Urne avec couvercle, sur piédouche et à anses têtes de béliers, en ancienne porcelaine d'Allemagne ; décor de bandes vertes et dorées alternant.

132 — Figurine : l'Amour militaire. Porcelaine d'Allemagne.

133 — Poule avec ses poussins, en porcelaine blanche d'Allemagne.

134 — Deux figurines : berger et bergère faisant de la musique adossés à un arbuste en fleurs ; porcelaine d'Allemagne.

PORCELAINES DE LA CHINE

DU JAPON ET DE L'INDE

135 — Potiche en ancienne porcelaine de Chine, famille verte, à décor de divinités.

136 — Potiche ovoïde avec un couvercle plat en ancienne porcelaine de Chine, famille rose, décor de haie fleurie, rochers, lambrequins.

137 — Deux vases balustres en ancienne porcelaine de Chine, à décor de personnages émaillés bleus sur fond chamois craquelé ; dragons en relief autour du col. Monture en bronze de style chinois.

138 — Vase-rouleau, à décor de personnages dans des paysages en émaux de la famille verte. Chine. Monture en bronze de style Louis XVI.

139 — Plat en ancienne porcelaine de   ne, famille verte ; au fond, armoiries de la ville d'Amsterdam entourées de fleurs ; marli à réserves sur fond carrelé bleu ; il forme le dessus d'un guéridon en bois.

140 — Deux plats en vieux Chine de la famille rose, décor à fleurs, bordure, fond rose à carrelages et feuillages en blanc sur blanc ; encadrés.

141 — Vase en vieux Chine, fond capucin, médaillons de la famille rose, à fleurs et volatiles.

142 — Coq en ancienne porcelaine de Chine, plumage rouge et noir.

143 — Deux coqs en ancienne porcelaine de Chine, émaillés blanc.

144 — Coq en vieux Chine, décor polychrome.

145 — Deux bouteilles en porcelaine de Chine, fond jaune, décor de dragons dans des nuages.

146 — Deux lampes formées par deux vases cylindriques en porcelaine de Chine, fond jaune, décor relief brun et vert, ibis dans des paysages ; monture en bronze.

(Vente San Donato.)

147 — Deux chimères, porcelaine de Chine bleu turquoise, harnachement en vert, sur terrassement brun.

148 — Jardinière en porcelaine de Chine, gros bleu, avec chauve-souris en blanc et en relief.

149 — Deux poissons porte-bouquets en porcelaine de Chine.

150 — Deux statuettes de femmes en porcelaine du Japon, décor polychrome.

151 — Deux petits pots avec couvercles en ancienne porcelaine de Chine, famille rose : fleurs sur fond capucin.

152 — Deux statuettes en ancienne porcelaine de Chine, famille rose : femmes debout tenant chacune un vase.

153 — Deux cassolettes en porcelaine de Chine, décor bleu et or; monture en bronze, style rocaille.

154 — Petite tasse et soucoupe en ancienne porcelaine de Chine, famille rose : fleurs.

155 — Statuette de Kouan-in debout, en blanc de Chine.

156 — Statuette de Poutai en ancien blanc de Chine.

157 — Deux figurines de Kouan-in en ancien blanc de Chine.

158 — Deux bols, décor bleu de dragons. Chine.

159 — Cinq assiettes en ancienne porcelaine de l'Inde, décor à armoiries, bordure grisaille et or.

160 — Quatre assiettes, vieux Chine, décor rouge et
or : scènes de chasse, fleurs et oiseaux.

161 — Potiches en ancienne porcelaine du Japon,
décor polychrome : Fong-Hoang, fleurs et lambrequins.

162 — Deux très grands plats du Japon, décor de
paysages et chimères, bordure par rayons en
bleu.

163 — Deux grandes cassolettes en ancienne porcelaine du Japon, décor à lambrequins, fleurs et
feuillages en polychrome. Monture en bronze
doré, anses à dragons; style Louis XV.

164 — Deux plats en vieux Japon, décor bleu, rouge
et or.

165 — Compotier en vieux Japon, décor : paysages
et rosaces en bleu, rouge et or.

166 — Grand bol en porcelaine du Japon, décor
bleu à paysages et animaux.

167 — Vase en ancienne porcelaine du Japon, décor :
oiseaux de paradis et fleurs.

168 — Deux petits plats carrés du Japon, décor :
paysages en bleu.

169 — Trois assiettes creuses en ancienne porcelaine de l'Inde, décor par rayons à fleurs et personnages.

170 — Grosse théière du Japon, décor bleu, rouge
et or.

171 — Bouteille en porcelaine du Japon, décor :
oiseaux et fleurs sur fond rouge.

172 — Cinq assiettes et compotiers en vieux Chine,
Japon et Inde, décors variés.

173 — Sept pots et flacons de toilette variés, porce-
laines de la Chine et du Japon.

174 — Boite lenticulaire, porcelaine du Japon, décor
rayonnant.

175 — Plat à bords contournés : paysage. Porcelaine
de l'Inde.

176 — Service à décor de style européen en porcelaine de l'Inde, comprenant : une théière avec
couvercle, un bol avec couvercle, huit tasses et
huit soucoupes.

177 — Quatre bols, décorés de vases et de fleurs.
Porcelaine de l'Inde.

PORCELAINES DIVERSES

178 — Statuette en biscuit: fillette tenant un arc.

Haut., 80 cent.

179 — Médaillon rond en ancien biscuit : buste de Marie-Antoinette.

180 — Tasse droite avec une soucoupe en ancienne porcelaine tendre de Sèvres : pièce d'eau et rinceaux sur la tasse, fleurs et guirlandes sur la soucoupe.

181 — Tasse droite et soucoupe en ancienne porcelaine dure de Sèvres : écusson armorié et rinceaux.

182 — Tasse et soucoupe, décor doré ; porcelaine de Sèvres. Époque Louis-Philippe.

183 — Pot à eau et cuvette en ancienne porcelaine à la Reine : décor de fleurettes semées.

184 — Deux figurines : amours portant une corbeille de fleurs. Chelsea.

185 — Trois pièces : petit groupe de singes et deux figurines en porcelaine émaillée bleu turquoise.

186 — Petit groupe en biscuit : le Baiser, d'après Houdon. Socle en marbre.

187 — Assiette en porcelaine : fleurs sur fond noir.

188 — Plateau rond en porcelaine tendre : Fleurs et guirlandes sur fonds bleu turquoise et blanc.

189 — Deux cache-pots cylindriques, aux armes de France et à décor de fleurs, en porcelaine.

190 — Paire de brûle-parfums en porcelaine tendre, décor à médaillons d'oiseaux dans des paysages, fond quadrillé rose et or, et semé de fleurs détachées ; monture en bronze doré, anses à cariatides de femmes, pieds à figures de petits tritons.

191 — Paire de vases en porcelaine tendre, fond bleu turquoise à rehauts d'or, avec médaillons à sujets mythologiques et à trophées de musique et champêtres, forme Louis XVI.

192 — Coupe en porcelaine, décor à médaillons et chiffre de Marie-Antoinette, bordure gros bleu rehaussée d'émaux et d'or ; monture en bronze doré.

193 — Deux jardinières en porcelaine moderne fond noir, médaillons enfants, ornements bleus et or, de la maison Giroux.

194 — Deux petits vases avec couvercles en porcelaine : Médaillons sur fond turquoise.

195 — Deux jardinières, porcelaine, à fond turquoise
et bronze.

196 — Deux jardinières en porcelaine, à décor de
fleurs sur fond gros bleu. Monture en bronze
doré de style Louis XVI.

FAIENCES

197 — Paire de vases en ancienne faïence de
Faenza, décor de médaillons à bustes de guerriers.

198 — Vase en ancienne faïence de Faenza, décor
par bandes de différentes couleurs, à trophées et
arabesques, et médaillon buste.

199 — Paire de lampes à gaz formées de cornets en
ancienne faïence de Castel-Durante, décor à
figures de saints dans des médaillons ; montures
en bronze doré.

200 — Cinq assiettes de Castelli, décor à paysages.

201 — Petite coupe en faïence italienne, décor de
figures dans un paysage en bleu.

202 — Petite plaque ronde de Castelli représentant un berger et son chien dans un paysage.

203 — Deux vases avec couvercles en ancienne faïence de Rouen, décor en polychrome, à guirlandes, lambrequins et serpents.

204 — Vase en ancienne faïence de Rouen, décor à lambrequins et guirlandes de fruits polychromes.

205 — Jardinière-applique de forme contournée avec couvercle ajouré en ancienne faïence de Lorraine, à décor de fleurs polychromes avec motifs rocaille et filets carmin.

206 — Jardinière-applique en ancienne faïence de Marseille, décorée de fleurs; marque de *Robert*.

207 — Gourde en faïence de Nevers, à paysages.

208 — Groupe : la Vierge et l'Enfant. Nevers.

209 — Deux vaches que des paysans sont occupés à traire ; ancienne faïence polychrome de Delft.

210 — Compotier en ancienne faïence de Delft, à décor polychrome : haie fleurie et oiseau.

211 — Deux cornets en ancienne faïence de Delft, décor bleu : paysages animés.

212 — Fontaine formée par un buveur en faïence de
Delft polychrome.

213 — Petite plaque, décor bleu : bustes de personnages, datée 1749. Delft.

214 — Trois assiettes de Delft, fond vert, médaillons
à fleurs en polychrome.

215 — Assiette, décor polychrome : maison et paysage.
Faïence du Midi.

216 — Tirelire de Delft, décor bleu : jeux d'enfants.

217 — Deux aiguières, forme oiseaux, en faïence.

218 — Paysanne assise en faïence, décor polychrome.

219 à 221 — Vingt et un plats en ancienne faïence
française et hollandaise, décor bleu et polychrome.

222 — Deux plats en ancienne faïence de Perse,
décor : gerbes fleuries.

223 — Deux pichets en faïence, décor polychrome,
en forme de personnages.

224 — Deux pommes en faïence.

225 — Deux miroirs italiens ornés de personnages.
Cadres en faïence à décor de fleurs ; bras-appli-
ques à deux lumières en métal peint.

226 — Deux groupes : personnages et chimères en
terre émaillée de Chine.

227 — Deux pagodes en terre émaillée de Chine.

228 — Deux buffles montés par des personnages.
Céramique chinoise.

ÉMAUX DE CANTON

229 — Garniture de toilette en émail peint de
Canton, fond bleu turquoise, médaillons à
personnage ; comprenant : un pot à eau avec
cuvette, neuf pots de toilette variés, une savonnière, un plateau et une boîte oblongue.

230 — Deux vases en émail peint de Canton, fond
bleu et médaillons à personnages.

231 — Flacon à thé en émail de Canton, décor de
fleurs.

232 — Trois pièces, émail de Canton : brûle-parfum
avec couvercle, et deux petits cornets : personnages et fleurs sur fond bleu.

233 — Plateau en émail de Canton, monté cuivre.

234 — Plateau rond en émail de Canton, à personnages sur fond bleu ; il est porté par quatre figurines de nègres en bronze.

OBJETS VARIÉS

235 — Trois plaques en émail peint de Limoges, XVIᵉ siècle, attribuées à Couly II Noylier : sujets relatifs à l'histoire d'Énée. Encadrées.

(Vente San Donato.)

236 — Christ en argent, sur croix ornée de plaques de lapis et de jaspe rouge de Sicile, avec bordure d'argent formée de têtes de chérubins, de fleurons et de rayons de lumière. Base garnie de bronze doré. Écrin en cuir fauve doré. Italie. XVIIᵉ siècle.

(Vente San Donato.)

237 — Coffret en certosina et os, à décor de personnages. Italie, XIVᵉ siècle.

238 — Presse-papiers en malachite et bronze, orné d'une miniature : vue de ville.

239 — Petit tableau en mosaïque de Rome, représentant un chardonneret et un papillon, cadre en bois doré.

240 — Petit médaillon en mosaïque de Rome : satyre et chèvre.

241 — Trois pièces : cuiller, fourchette et couteau en argent doré et agate. xviiie siècle.

242 — Couteau de veneur à poignée d'ivoire et lame gravée.

243 — Ombrelle à manche d'ivoire avec montre.

244 — Coupe-papier en ivoire, avec montre.

245 — Presse-papiers en bronze : chien de garde.

246 — Cachet en bronze : cavalier.

247 — Miroir biseauté, cadre en cuivre et verroterie.

248 — Miroir dans un cadre, avec poignée en bois sculpté, ajouré et peint, à décor de motifs chinois.

249 — Vase cylindrique en verre rose, monture en bronze doré, à cariatides d'amours, pied balustre et couvercle ajouré.

250 — Torchère en verre et en porcelaine de Venise, décor polychrome.

251 — Grand verre à pied gravé : allégorie du Commerce. Ancien travail hollandais.

252 — Quatre verres, décor doré.

253 — Verre à pied : armoirie sur fond rose.

254 — Deux carafons, forme canards, en cristal.

255 — Vase en verre orangé.

256 — Flambeau à deux lumières, orné d'une figurine ; émail cloisonné, de style chinois.

257 — Coffret en marqueterie de bois de couleur : corbeille de fruits, fleurs, quadrillés et urnes.

258 — Coffret en écaille, nacre et cuivre, décor de rinceaux.

259 — Coffret formé de plaques de porcelaine montées bronze : décor de paysages animés.

260 — Coffret en cuivre émaillé, à fond bleu et bronze doré : décor de rinceaux et cariatides.

261 — Coffret émaillé à fond bleu.

262 — Deux bonbonnières, cuivre émaillé.

263 — Tableau russe représentant la Vierge et
l'Enfant, monture en cuivre doré, orné de cabochons.

264 — Tableau en broderie : sujet galant. Signé :
W., *1814*. Encadré.

SCULPTURES

265 — Groupe en marbre blanc : Pan et Bacchus.
Travail italien. XVIIe siècle.

Haut., 80 cent.

(*Vente San Donato.*)

266 — Buste en marbre blanc, grandeur nature, de
Rachel. On lit au revers : *Buste de Rachel
exécuté, d'après nature, en septembre 1855,
peu de jours avant son départ pour l'Amérique.
J. Clesinger.*

Haut., 90 cent.

267 — Bas-relief en albâtre : la Nativité. XVIe siècle.
Encadré.

268 — Petit buste d'enfant pleurant. Terre cuite.
Signé : *A. Itasse, 1865.*

269 — Quatre statuettes en terre cuite : Cléopâtre,
Flore et nymphes, de *Carrier-Belleuse.*

PENDULES ET BRONZES

270 — Pendule en bronze doré représentant une nymphe couchée sur socle rectangulaire orné de bas-reliefs allégoriques aux Arts et aux Sciences. Style Louis XVI. Cadran signé Berthoud.

271 — Écritoire en onyx d'Algérie, avec sujet en bronze doré : Sapho.

272 — Grande garniture de cheminée en bronze ciselé et doré ; la pendule en forme de vase avec deux figures allégoriques aux Arts et aux Sciences assises de chaque côté, les candélabres à groupes de nymphes portant des bouquets à sept lumières. Travail de style Louis XVI, de Barbedienne.

273 — Cartel en bronze doré, à décor d'urne, pommes de pin, draperies, mascarons et palmettes. Cadran signé : Simon, à Paris. Style Louis XVI.

274 — Régulateur en marqueterie de cuivre, d'étain, d'écaille et bois de placage, à décor de rinceaux et figures. Travail hollandais.

275 — Pendule en bronze doré et onyx d'Algérie, ornée d'un groupe : Nymphe et amour, par A. Carrier.

276 — Pendule en bronze doré : Zéphyr et l'Amour. Cadran signé : Guibal, à Paris.

277 — Petite pendule portée par un éléphant, cuivre émaillé. Maison Giroux.

278 — Pendule-veilleuse en bronze, à tige figurine.

279 — Cartel porte-montre en bronze.

280 — Pendule formée par un éléphant en bronze du Japon, portant une pagode contenant le moument à cadran tournant; socle en marbre.

281 — Statuette en bronze, à patine claire : Hébé, par *Franceschi*.

282 — Paire de grandes lampes en bronze poli décoré de guirlandes de laurier rattachées à des masques fabuleux, avec culots à feuillages et sur pieds de biche.

283 — Deux lampes en bronze, dessin gravé dans le goût oriental.

284 — Paire de candélabres en bronze doré, à figures de femmes portant des gerbes de lys. Style Louis XVI.

285 — Paire de candélabres à quatre lumières, en

bronze doré, formés par des statuettes d'amours assis, socles en marbre blanc.

286 — Paire de girandoles à quatre lumières, en cuivre guilloché et doré.

287 — Deux girandoles en bronze et cristaux.

288 — Deux girandoles d'applique à neuf lumières, en bronze et cristaux.

289 — Deux girandoles d'applique à sept lumières, en bronze et cristaux à pendeloques sphériques et surmontées de pièces d'enfilage formant couronne.

290 — Deux petits flambeaux en bronze doré, de style Louis XVI, à têtes de béliers et guirlandes.

291 — Deux flambeaux en bronze, de style Louis XV.

292 — Petite ménagère en cuivre argenté, de travail russe, représentant une marchande ambulante.

293 — Cinq plats en cuivre jaune, décor à personnages et arabesques. XVIᵉ et XVIIᵉ siècles.

294 — Plateau à fond de glace monté en bronze.

295 — Trois pièces : un bassin et deux plats en cuivre.

SIÈGES ET MEUBLES

296 — Meuble de salon en bois sculpté, peint rose et doré, couvert de tapisserie du temps de Louis XVI, à personnages et animaux, avec encadrement à fond vert ; il comprend un canapé, quatre fauteuils et quatre chaises.

297 — Secrétaire droit Louis XVI à abattant, portes et tiroir en bois de rose et satiné, dessus de marbre.

298 — Armoire Louis XVI à deux portes ornées de glaces, en bois de violette et de rose.

299 — Chiffonnier Louis XVI en bois de rose, dessus de marbre.

300 — Table de milieu, de forme contournée, en marqueterie de cuivre et nacre sur écaille, à décor de personnages et rinceaux ; garnitures de bronzes dorés, telles que chutes, encadrements, sabots, etc.

(Vente San Donato.)

301 — Commode à trois rangs de tiroirs en marqueterie de cuivre et d'écaille, à décor de quadrillés, rosaces et rinceaux ; garnitures de bronze.

302 — Petite table oblongue en bois de placage, à quadrillés, garnie de cuivre.

303 — Fauteuil à haut dossier en bois sculpté et
doré, à décor de coquilles et feuillages, avec
croisillon d'entrejambes; il est couvert de velours vert avec armoirie brodée sur le dossier.

304 — Fauteuil à haut dossier en noyer sculpté couvert en velours rouge et clouté de cuivre.

305 — Dressoir en bois sculpté, orné de plaques
d'ancienne faïence allemande, présentant des
sujets allégoriques, relatifs aux vertus chré-
tiennes avec légendes et pièces de vers, encadrements de feuillages.

306 — Quatre supports-appliques en bois sculpté et
doré, formés de personnages chimériques soute-
nant un dragon supportant le plateau.

(Vente San Donato.)

307 — Grande glace dans un cadre en glace et en
bois sculpté et pâte dorés, à décor de feuillages
et mascaron.

308 — Miroir biseauté dans un cadre en bois sculpté,
ajouré et doré, composé de larges feuilles, fleurs
et vo.utes.

309 — Deux miroirs de forme contournée, à décor
de fleurs et d'épis de blé.

310 — Deux miroirs dans des cadres de bois sculpté et doré simulant des roseaux.

311 — Lit en bois sculpté, peint et doré, de style Louis XVI, à décor de guirlandes, colonnettes et rangs de piastres, dossiers capitonnés.

312 — Table de nuit assortie.

313 — Console assortie à dessus de marbre.

314 — Glace assortie.

315 — Écran en bois doré. Style Louis XVI.

316 — Petite table oblongue en bois sculpté et doré, à décor de feuillages, avec croisillon d'entre-jambes.

317 — Guéridon en bronze doré, tablette en marbre onyx d'Algérie.

318 — Deux supports-appliques en bois peint noir et doré en forme de cariatides.

319 — Deux colonnes torses en bois sculpté, peint noir et doré à décor de pampres.

320 — Deux supports, bois de rose, garnis de bronzes. Style Louis XVI.

321 — Petit meuble-étagère formé de panneaux de laque, à décor d'oiseaux sur fond rouge.

322 — Deux meubles vitrines en chêne sculpté, de style Louis XVI, à décor de pilastres et postes.

323 — Grande vitrine, bois noir.

TAPISSERIES

324 — Suite de cinq jolies tapisseries du xviii° siècle, représentant des scènes maritimes avec nombreux petits personnages en costumes asiatiques, orientaux et européens, occupés aux travaux du port, assis au bord de la mer ou suivant des yeux la marche des bâtiments.

325 — Beau panneau en tapisserie, du temps de Louis XVI, fond blanc, à trophées et guirlandes de fleurs suspendues par des nœuds de rubans offrant au milieu un médaillon : enfants se livrant au plaisir de la balançoire. Inspiré de Boucher.

326 — Portière en tapisserie, du xviii° siècle représentant le marchand d'oiseaux ; composition de cinq personnages en costumes asiatiques. Inspiré des compositions de Leprince, encadré de velours de lin bleu.

327 — Portière en tapisserie du xviii° siècle, représentant des divertissements champêtres, composition de six personnages dans un paysage boisé ; encadrée de velours de lin rouge et garnie de franges pompons.

ÉTOFFES, TAPIS

328 — Grand décor de baie composé de trois portières et d'une draperie en satin rouge, garni d'un rucher avec franges de soie.

329 — Deux grandes portières en satin vert péridot, bordées de franges rouges et vertes, avec draperies en lampas fond rouge, à fleurs brochées vert et mordoré.

330 — Peau d'ours blanc avec tête naturalisée.

331 — Tapis d'Aubusson, à fleurs.

LIVRES

OUVRAGES PAR

DEMIDOFF, Voyage dans la Russie méridionale, figures de Raffet, papier de Chine. — DUMAS PÈRE, Théâtre, avec 300 figures. — DUMAS FILS, Théâtre, papier de Hollande, avec envoi et lettre de l'auteur. — Saints Évangiles, CURMER, reliure mosaïque. — Heures gothiques, 1508, reliure du XVIe siècle. — Heures d'Anne de Bretagne, CURMER, maroquin. — MUSSET, Figures de Bida, édition des amis du Poète. — SEVIGNÉ, Lettres, reliure en maroquin, armes en mosaïque. — Sonnets et eaux-fortes, 1869, papier Whatman, maroquin. — TERENCE, 1503 figures sur bois.

(Voir le Catalogue spécial.)

Les Livres seront vendus le Lundi 27 Avril 1896, à 2 h.

www.ingramcontent.com/pod-product-compliance
Lightning Source LLC
LaVergne TN
LVHW011356170726
843501LV00006B/1862